KB260224

물고기가 숨을 쉬지 않아

미래시선 131

물고기가 숨을 쉬지 않아

· 지은 이 | 최명석
· 펴낸 이 | 임종대
· 펴낸 곳 | 미래문화사

· 찍은 날 | 2003년 12월 22일
· 펴낸 날 | 2003년 12월 27일
·   2쇄 | 2004년 1월 15일

· 등록 번호 | 제3-44호
· 등록 일자 | 1976년 10월 19일
· 주소 | 서울시 용산구 효창동 5-421
· 전화 | 715-4507 / 713-6647
· 팩시밀리 | 713-4805

· Homepage | www.mrbooks.co.kr
· E-mail | miraebooks@korea.com
            mirae715@hanmail.net

ⓒ 2003, 미래문화사
· ISBN | 89-7299-271-2 03810

· 정가 | 6,000원

물고기가 숨을 쉬지 않아

헌묵 최명석 시집

미래시선 131

미래문화사

현묵 형에게

　며칠 전 장거리 통화에서 곧 선을 뵐 첫 시집《물고기가 숨을 쉬지 않아》에 발문을 써 달라는 형에게 나는 버릇삼아 더 적당한 분에게 부탁하시라고 사양했습니다. 하지만 그저 격려의 말 몇 마디면 족하다는 형의 우격다짐에 그예 꺾이고 말고서야 비로소 나는 참 잘한 일임을 깨달았습니다. 실인즉 이토록 반갑고도 고마운 부탁의 오늘을 나야말로 손꼽고 기다리던 터이었으니까요.
　문학의 뜻을 같이 함으로서 우리들이 서로 사귄 지가 벌써 스무 해가 지났군요. 문학을 하는 길은 여러 갈래가 있겠지만 형이 자기 글, 자기 시詩를 쓰지 않고서는 삶의 충족감을 느끼지 못하리라는 예감에 나는 만나기만하면 형에게 그동안 시를 썼느냐고 물었고, 또 그러하도록 권하기 일쑤였습니다. 나 자신이 인생의 느즈막에 이 길에 들어섰던지라 일종의 동류의식에서 나온 바람이며 권유라 할 수 있겠습니다.

　지난 달 서울에서 마지막으로 만났을 적에 내가 한 말 —
집에 돌아가면 키이츠(John Keats)의 서한집(The Letters of
John Keats)을 다시 읽고 싶다는 그 말을 형도 기억 할 겁니
다. 26세로 요절한 키이츠는 그의 시詩도 놀랍거니와 서한
또한 인생과 예술에 관한 원숙한 통찰이 놀랍답니다. 형의
전화를 받았을 적에 우연찮게도 나는 그의 이 말에 밑줄을
긋고 뜻을 새기고 있었습니다.

　‘— 훌륭한 작가란 이 세상에서 가장 참다운 존재임을 나
는 날이 갈수록 확신한다오.’

　낭만시인에 흔한 과대망상증이라고 비웃지 말아요. 훌
륭한 시인이란 나름아니라 참다운 자기 소리를 찾음으로
써 참다운 자기 자신까지 찾았다는 뜻에서 키이츠는 훌륭
한 작가를 ‘이 세상에서 가장 참다운 존재’라고 잘라 말한
게 아닐까요? 인생과 예술을 분리시키지 않고 도리어 그
동일성을 강조하는 게 키이츠답다고 하겠습니다.

　그동안 써왔던 글들을 모아 첫 시집으로 엮어내게끔 된
형에게 굳이 격려의 말 몇 마디를 해야한다면 나는 바로
키이츠의 이 말로 대신하고 싶습니다. 이번 시집을 새로운
출발로 삼고 끊임 없는 정진을 다짐해주기를 바랄 따름입
니다. 바꿔 말하자면 남이 무어라하든지 참다운 시詩, 형다
운 시를 꾸준히 써 주십시오. 참다운 시를 쓴다는 것은 곧
참다운 인생을 산다는 뜻이니 말입니다.

2003년 12월 1일

미시간에서
유병천

차례

6

2 · 낭만주의자들의 찻집

1

사람들은 팔 길이 만큼 거리를 재고
걸음 걸이 만큼 속도를 잰다
처음부터 욕망은 잡을 수 없고
밖으로 내던질 수도 없다

내게도 욕망이 있지 않을까

이름 없는 새 無名

잿빛 새 한 마리.
눈으로 보아
참새 두 마리 몸집의
포동포동한 잿빛 새가
이름 없는 들판에 떨어져
이내 납죽해져, 말라버린
흩어진 싯벌들.
잿빛 새가
자기 종족의 왕자였다는 걸,
대가大家들 중에 대가였다는 걸,
천千개의 노래를 부르는
빼어난 목소리의 주인이었다는 걸,
소리에도 정교한, 쾌활한 공상가.
그대의 호적수였다는 걸
누가 알랴.

바다가 전하는 노래

굽이굽이 대관령 고갯길에
땅굴 뚫어 낸 완만한 경사, 혹은
평지平地길(이건 문명의 최고의 찬사讚辭라나요?)
대관령의 세찬 바람도, 사람의 힘에 저만치
물러나 있지만(이건 또 바람의 체념諦念이라나요?),

그래도 좌우로 난 갈림길 〈도시와 한촌閑村〉에서
주문진으로 차 머리를 돌려 가면,
그 '곳' 인적 드문 포구에
작은 찻집 〈곳spot〉은
바다를 넋 놓고 바라본다.

이 집 주인, 긴 머리 뒤로 동여매고
삶의 흔적 빼곡이 배인 찻잔 나르며
간간이 작은 틈으로 문명의 빛에
가늘한 손을 얹고 존재存在와 얼레짓 한다.

저 너머 캄캄한 밤바다는
어둠 너머로 파도波濤의 언어
수런수런 노래하고
우주의 순행巡行은 살아 있는 '곳'을 만들어
애너벨리 전설을 전한다.

부끄러움의 비움

까까머리 열여덟 홍안의 소년이
억지와 어설픔의 시간을 지나
어느새 중년의 세월에 와 있네.
나이 곧 오십이라 머리 이미 세어 있지만
앞길을 손꼽아 보면, 태어나 진 빚을
아직 못 갚았다.
태양 빛에 드리워신 그림자의 무게를
덜어내는 날, 이 추운 실재實在의 강에서
유희遊戱를 즐기며 또 한 밤을
더 자지 않으련다.
어느 곳 푸른 산에 이 몸 흰 뼈를 불살라서
하늘과 지구 사이에 널려 있는 산봉우리의 맑은 놀에
묻어두리라.

흔들림 그리고 가을

새벽부터 내리던 비
캄캄한 어둠을 몰고 와,
장대비 뿌리고, 여름을 내몰아
제신祭神을 부른다.
지리했던 여름날의 공허와 나태懶怠
차량의 경적처럼 풀어져 오르고
작달비 희뿌연 물보라 사이로,
무관심 속에 잉태孕胎한 베란다의 오석烏石
알몸으로 비를 맞아,
윤기潤氣 흐르는 젖가슴 내 보인다.

겹겹이 쌓아 올린 서재 한 쪽 켠,
보드라운 새아씨 분첩 같은 먼지 속,
묵혀두었던 곰팡내 나는 책갈피,
그 속에 웅성대는 미완성의 담론談論들,
아스라한 기억 또는 망각忘却,
케케묵은 색바랜 단풍잎 허물을 벗고,
폐선廢船처럼 낡게 바래 있던 정념情念에
잔물결이 일렁인다.

부재不在

풀리지 않은 채
시간의 날들이 스러져 간다.

나무 가지를 봄바람은
쾌치며 지나 간다.

알이 담긴 둥지,
죽음이 담긴 둥지,

스치는 듯 버려진 채,
스러져 간다.

종려나무 잎은 울음을 분해하고,
동백꽃은 표피를 벗어
꽃망울을 터뜨린다.

풀리지 않은 채.

치악산 연가戀歌

치악산 계곡을 끼고 오르면
신갈나무, 개옻나무, 검팽나무, 굴참나무들이
겨울 내내 꿈틀하는 힘을 안으로 품고 줄지어 서 있다.
투명한 계곡 물에 발을 살짝 담근 신나무는
화려했던 지난 날의 붉은 색을 벗어
곱게 다져진 살결의 나신裸身으로 수줍음을 입에 물고,
그 옆으로 제 속살에 겨운 듯 드러난 근육질을 내보여
위용偉容을 마냥 뽐내며 서어나무가 둘러 서 있다.
청아한 물소리, 찬바람에 제 살을 슬쩍슬쩍 비벼대는
대나무 숲을 반기며 오르다보면,
재빛 두건을 두른 박새가 살랑살랑 곡예하고
특유의 음율로 노래하며 두 세 걸음 앞서 길을 나선다.
띠엄띠엄 흩날리는 눈발 앞에
세 개의 제단祭壇 모양의 세렴폭포가 눈앞에 나타나고,
그 뒤에 동東으로 트인 관목 사이로 하늘이 매달려 있다.
지난 가을 물을 토해 냈던 바위,
밑으로는 생명의 소리 힘차게 들리고,
말을 삼간 채 천千년을 누워 있는 바위에 손을 얹으니,
아! 따스한 숨결, 힘찬 생명이어라.

남자의 본능本能

여자는 시집 갈 때까지
자기들 결점은 감쪽같이 감췄다가
사내를 얻으면 마음 놓고 본성을 나타낸다고 하지?
소, 말, 개, 돼지 같은 동물은
사기 전에 수시로 시험을 해 보지.
밥그릇, 냄비, 접시, 수저, 젓가락 같은 살림살이도 마찬
가지야!
옷이나 가구도 한번씩은 시험을 해 보고,
더구나 TV, 냉장고, 세탁기, 각종 전자제품은
말해서 뭐 하겠어?
여자는, 살붙일 남자를 정하면
마음 놓고 어릴 때 흠까지 드러낸다 이거야!
서방이라는 작자는 항상 얼굴이 예쁘다고 칭찬해 주고
뚫어져라 얼굴을 보아 주고 만져 주고,
어디를 가던 귀여운 자기 어쩌구 해 주어야 해.
그렇지 않으면 여자는 신경질을 부리고 실쭉샐쭉 해져.
들어들 봐, 여자가 데려온 친정식구들과 친척들에게
극진히 안 하면, 골치 아픈 일이 종종 생긴단 말이야.
우린 우리대로 쏘다니고 싶기 때문에
여자가 가는 데를 밝히고 싶지 않거든.
그런데 욕심이 생겨 여자들을 감시할 라치면
사랑 받긴 다 틀려버려.

세상을 누가 다스리든 조금도 개의치 않는 지혜를
가져 보는 것이 어떻겠어?
다른 사람들이 아무리 배불리 먹어도,
뭐든지 넉넉하게 생각하는 사람은
그걸 가지고 배를 앓거나 걱정을 할 필요가 없단 말이야.

내게도 욕망이 있지 않을까

세상 사람들이 찾는 욕망이 있다면
내게도 있지 않을까?
사람들이 찾는 욕망은 그 앞에만 있다.
사람들은 팔 길이 만큼 거리를 재고
걸음 걸이 만큼 속도를 잰다.
처음부터 욕망은 잡을 수 없고
밖으로 내던질 수도 없다.
어떤 욕망을 채우면, 차지 않은 욕망이 기다리고
도취되었던 욕망의 자취는 그 앞에 달아나 있다.
주관적인 이기심 안에만 갇혀 있는 욕망은
어리석은 기대일 뿐,
인생과 늘 평행선.
가던 길을 돌아서서
웃으며 지나온 흔적을 더듬으리.

도시의 풍경

추녀 끝에 둘러쳐진
콘크리트 담장 위로
가득한 빗소리 귀에 익고,
멀리 앞 산 골짜기
초록 우거진 수풀에는
상춘常春이다.
포동포동한 살 냄새
개나리꽃
아침 이슬에 눈물 보이고,
삭막한 도시의 아스팔트 위에
떨어진 꽃잎
바람에 허우적거린다.

비상飛翔

밥 한 공기,
소찬素饌에
물 한 그릇,
방 한 칸과
불꽃 이는 질화로,
그리고 읽다만 시집 한 권으로
산새처럼 높은 산山을 날아간다.

삽화挿畫

도시의 한 낮.
플라타나스 가로街路
녹색의 접시 위에
신神이 엎지른 물감.

차량의 행렬,
오고 가는 사람들,
노인의 주름진 얼굴,
빗줄기 흐르는
스미소니언 박물관의 한 구획區劃.

꼬리 길게 단
춘천春川행 완행열차
철교 위를
구물구물 지난다.

가을의 설악 : 거꾸로 읽기

시월의 이른 아침.
오색매표소 문지기의 표정 없는 얼굴.
설악의 가을 단풍 앞에 행락객 서성인다.
골 사이로 감정 없는 물 박차 소리 더 한층 기승이다.
대청봉을 향하는 가파른 비탈길에
한 해 여름 지난 숱한 인고忍苦의 빛깔 강렬하다.
너를 찬탄하는 인간들의 탄성이
너의 속앓이를 헤집고 화살처럼 박힌다.
두 해 전 오르던 돌길은 편리便利 앞에
무색無色한 모습으로 단장하고,
적멸寂滅로 향하는 너의 가슴에 비수를 찌른다.
인간의 교만함이 너의 높이에 닿아,
너의 빛깔
너의 소리
너의 정적靜寂
삼키고 애타 한다.
눈앞에 둔 대청봉 1,708m
한 걸음 거리인데 마음과 인내심은 원심력으로 숨가쁘다.
정상에 선 가을의 설악은
우주의 빼어난 창조물.
조리개의 원근감에 내 몸 실어 다가선다.
생성生成의 비밀은 신비감으로 다가와

너의 신비神秘를 신화로 다시 써서 영겁의 시간에 가둔다.
천불동 계곡은 암반 협곡峽谷이다 :
                    생명의 힘을 지닌 암반 사이로
                    수繡를 놓은 듯 초목이 기생한다.
깎아지른 암반의 첨탑 위에
빙하기 이전에 살던 어류魚類
비상飛翔하다.

생기生氣

비에 흠뻑 젖은 대지 위로 봄꽃이 떨어져 있다.
어머니의 가슴 위로 봄 향기 가득하다.

바다, 그 끝없는 반복
 − 모래가 되어

온 밤을 지새워
인내하며, 인내하며
푸른 바닷가 〈모래〉
어루만지는 것은
끝끝내 설득되지 않는
단호한 수사학.
일렁이는 춤사위로
싫은 듯 애무하며
가르고 부수어

밤과 낮을 지나
영겁의 시간 잠재워
모래가 되네.
그 모래, 바닷길에 빗장을 질러
육지가 되네.
침적토沈積土 섬이 되네.

긴 긴 오늘밤
우리들 삶의 밤.
그 바다, 푸른 바닷가 어루만지네
인내하며, 인내하며.

無心무심無心

남산南山에 올라
한강漢江을 굽어보다.

물결을 따라
끝없이 물결이 일다.

서편西便에 붉은 노을 안고
한 번 큰 웃음이다.

산사山寺

속세의 중생을
제도하기 전에
험상궂은 얼굴에 압도되어
오금이 슬슬 저려오는
사천왕상四天王像을 지나서 (독사 같은 남근男根이
허리를 감고 노려보네)
고즈넉한 산사 불전 앞을 돌아
별채에 이르면
검정빛에
검정 고무신
하얀빛에
하얀 고무신
그윽한 풍경風磬소리 솔바람에 몸을 섞어
살포시 새어나는 보살의 웃음소리
영락없는 산사山寺로구나!

빈 배虛舟

나비와 어울려 풀밭에 앉고,
갈매기와 더불어 모래밭을 거닌다.
바다와 하늘에 시상詩想은 아득한데,
서쪽 수평선水平線에 빈 배 돌아온다.

자재암*에 올라

원효元曉와 요석撓釋공주의
홍옥紅玉을 머금은 얼굴을
기억하시나요?

그 불꽃 염주 되어,
심생즉종종법생 〈心生則種種法生〉
심멸즉종종법멸 〈心滅則種種法滅〉
팔딱거리는 가슴을
장막帳幕으로 휘감던
그 곳도 아시나요?

무수한 중생들이
젖은 바람에 꿈을 담아
불꽃을 밝히네요.

억겁의 세월 지나
수많은 길손들이 거닐던 꿈,
그 꿈 접어 입가에 두어요.

* 경기도 동두천에 소재한 소요산에 자리잡은 산사.

놀이

꿈 속에서 쫓기고 쫓기면서 괴로워하다
괴로워하다 또 다른 꿈 속에서 온갖 재미로 즐기다가
깨어나서, 마루 위에서 하늘을 안고 있다.

몰운대 가는 길

잊고 살며 하마터면 나를 연소시킬 공기空氣 냄새를 맡아
내가 숨쉬던 공기가 이런 거구나 알았더니,
어느새 앞 산山 발코니 앞으로 다가와
내가 산이 된 줄 알았더이다.
산밑을 끌어안고 흐르는 남한강의 물줄기는
원시의 샘이 되어, 목줄기를 타고 흐르더이다.

역사의 시간을 타고 흐른 정선 땅.
소금강의 암반계곡에 펼쳐진 조각품들은 미켈란젤로의
칼끝 보다 더 현란한 신神의 예기가 생생한 조화造化로
피어났더이다.
자연의 숭고미에 천재성을 겨냥한 그 이의 광기도
여기서는, 날카로운 칼끝을 던지고,
수많은 절경의 바위 턱 하나가 되었을 터이다.

수직의 절벽 위에 수 백년은 됐을 고사목枯死木 하나.
어느 시인이 쌩쌩한 먼지 길 위에 우뚝 솟은 대臺에 반해
'몰운대' 라는 시를 썼을 법 했더이다.
고사목 옆에 나란히 서서 허리 굽혀 바라보면,
파란 물빛에 연인이 된 고사목이 내 손잡고
날아 내릴 듯 하더이다.

춘정春情

동짓달의 매운 추위
봄바람이 몰아내고,
마음의 문 열어 젖혀 기뻐하는 만물萬物을 본다.
얼음 풀린 시냇물.
그 소리 듣기에 좋고,
눈 녹은 먼 산은 그 얼굴이 놀랍다.
푸른 빛이 놀아드는 버들을 김아 돌이
찡그린 눈썹 물들이고,
복사꽃의 붉은 빛은, 웃는 이마의 반점斑點이다.
한껏 넋에 빠져 고개를 들면,
아침 안개 속에
버들개지는 사랑 유희遊戲다.

창窓 틈

창문 너머 바람은
나뭇잎을 흔든다.

서쪽 하늘을 향하는
구름 한 조각
홍옥紅玉 구슬을 이룬다.

백합꽃, 개불알꽃이 되어,
세월을 지나 수십 년 동안
벽을 가로질러,
통로를 따라 스러진다.

그 모습 잔물결 일고,
그 색채 생기를 얻어
항시 움직이며,
빛이 되어,
구름 속에서나
보이지 않는 어둠 속에서,

매일매일 원을 돌며,
동쪽에서 서쪽까지
서쪽에서 동쪽까지

성지참배 행렬로
끊임 없이 돈다.

창문 너머 바람은
나뭇잎을 흔든다.
발가벗은 가지들은 파르르 몸을 떨고,
혹어 숨을 움츠리며,
배아胚芽를 움켜 쥔다.

저 까마득한 항성에 이르기까지 ―

미세한 티끌의 더미,
줄지은 행렬로, 비스듬 각진,
영롱한 자수정 잉태하듯 영원히.

하후 夏後

뙤약볕 길게 드리운,
속옷 적시는 오후.
저 멀리 밭일하는 농부,
금새
카랑카랑
카랑카랑
속옷 마르는 소리 크게 울린다.

경반사[*]의 골물

경춘 국도가 죽여준다고?
8월의 하오夏午.
습도는 두개골의 뇌수腦髓를 쥐어짜고,
날개 단 영혼은 우주宇宙로 튀어 올라,
새까만 악귀의 아스팔트를 질주한다.
도시의 유령은 발 밑에 태아를 살해하네.

원시의 숨결 가쁘게 몰아쉬는
계곡물, 그 처녀의 질액膣液.
전설 속의 선녀仙女.
그 온기溫氣, 안개꽃 소沼
칼날 같은 서늘한 푸른 빛에
경외의 신음 누르며,
살며시 자궁子宮의 양수를 마신다.

아, 속세의 중생이 걸어 세운,
연등 행렬이 거꾸로 매달려 있네.
정말, 경춘 국도가 죽여준다고. (과연?)

* 경반사는 경기도 가평군 경반리에서 경반계곡을 끼고 오르면 약 1시간 30
  분 도보거리의 작은 암자.

아이가 되고싶다

까만 눈동자의 초롱초롱 빛나는
아이가 되고싶다.
파란 나뭇잎을 파랗게 그려 넣는
아이가 되고싶다.
맑은 시냇물에 얼굴을 비춰보고 해맑은 미소를 짓는
아이가 되고싶다.
흙장난에 새까만 손으로 얼굴에 붓칠하는
아이가 되고싶다.
하늘을 향해 주먹질하고, 발길질하며, 까르르 웃는
아이가 되고싶다.
엄마의 심부름을 되 뇌이다 잊고서, 아이들과 놀이를 하는
아이가 되고싶다.
밤하늘의 별을 세고 또 세어 보다, 그만 헝클어 버리는
아이가 되고싶다.
밤이면 밤마다 촛불처럼 흔들리는 엄마의 음성을
깜박깜박 듣다, 스르르 잠이 드는
아이가 되고싶다.

2

낭만주의자들의 찻집

황사黃砂

사막砂漠에서 일어나 유령幽靈으로 떠돌며,
인습因習처럼 반복되는 희뿌연 바람.
죽음의 색이 땅에 맞닿고,
서북 하늘에 우뚝 솟아 있던
도봉산의 선인봉仙人峰, 수의壽衣에 감싸이고,
사람들의 분망奔忙한 종종 걸음도
코드 깃 속에 피묻힌다.

영혼을 갉아대는 바람 뒤편으로,
흔들리는 도시인都市人의 모습이
수반水盤에 휘저은 물감처럼,
유색有色의 웅변으로 아우성 치며,
낯선 거리를 오르내린다.

사람마다 그림자가 너무 커
해체解體의 불화를 만들고,
이기심은 사유思惟의 혈맥血脈을 막아
공동空洞의 희열에 배불러 한다.
자동차의 소음처럼,
사람의 목소리는 핏발을 세우고,
숨통을 막고 선 Star Tower*
조롱하듯 압도한다.

다시, 유령의 수의壽衣를 붙들고
문명의 도시를 덮어라 하네 —.

자주 찾는 바다, 그대여 -

아 은밀하게 함께 있고 싶어 자주 찾는 바다여!
그대의 거친 숨결이 고즈넉한 포구에 닿으면,
나신裸身의 보드라운 살결과 불규칙한 호흡에,
내 그대 곁에 설레는 숨을 몰아 쉬는구나.
이미 그대는 한 방안에 들어 있는 나의 연인.
어둠이 덮은 개펄 안으로 그대의 수액水液을 채우면,
미동微動도 없던 고깃배기 그대의 정열이 몸에 요동한다.
그대 위해 내 속에 설레는 전류의
불꽃을 그대는 모르리 -.

도시의 향연饗宴

불꺼진 도시都市에서 의식의 통로를 따라
흔들거리는 대지大地에 몸을 맡겼어,
해골 같은 입 속을 지나
사람들이 웅성대는 못 속으로 들어가고 있었지.
이대로 달려, 파헤쳐진 공동묘지로
향해 가는 것일까?
달리는 속도만큼이나 음습한
묘혈을 파, 거기 기름 덩어리
떨어지는 육신을 묻으리.

현란한 네온등의 엉클어진 기호記號 속에
흠씬 풀어 헤쳐진 영혼을 보라!
똥통 속의 구더기의 행렬의 질서로
셀 수 없는 숫자를 세어보고,
이대로 달려, 배설排泄의 강을 지나
파릇파릇한 둔덕에 그대를 묻으리.

아, 그래도 이곳은 두 팔을 베개삼아,
하늘을 안고 땅을 받치고 있을 수 있어.

일상日常

오늘 나에게 세 사람이 말을 걸어왔다.

사별한 한 사람은 자기의 슬픔을 말했다.
신神이 자기를 버렸나요, 아님 자기를 버릴
신이 없었나요?

사형선고를 받은 한 사람은
새겨 넣을 자기의 비명碑銘을 말했다.
'몸단장을 하고 죽음'
죽음의 올무에서 그는 공습훈련* 받던
어릴 적 학교 책상의 밑, 그 밑을 기억한다.
이토록 오래 살기를 기대하지 않았다.
'그 땐 슬픔의 의미도 몰랐어'
그는 양 무릎 사이에 자신의 머리를 다시
쳐 박아 넣는다.

젊은 아버지가 내게 말했다.
아이를 잉태하기도 전,
아이가 얼마나 필요했던지,
곡괭이질 할 수도 없는 넓은 정원에
얼마나 심어 놓았던지,
그는 자기 창가에 드리운

작은 나뭇잎에 대해서도 말했다.
그 잎에서 잎의 욕망이 드러나는,
세상에 드러내는 걸,
어떻게 보았는지 내게 말했다.

나는 깔깔대며 웃는다.
'같은 이야기야 !'
하루 또 하루. 나는 짚을 수 없는 궁금증으로
수없이 많은 밤을 채울 이야기를 듣는다.

* 1960년대에는 어린 학생들에게 방공훈련을 실시했다.

아침 단상短想

어둠이 새벽 먼동의 아가리 속으로
성큼성큼 걸어 들어가다.
새까만 오석烏石은 숨을 죽이고,
TV 전원 스위치 불빛이
평화를 흔들어 놓다.

유월의 프롤로그

산길을 오르는 한 사내가 있었습니다.

숲에 난 길을 오르며, 사내는 이리저리 흔들리는
나뭇잎에 자기의 얼굴을 실어 바람의 그네를 탔습니다.
그 얼굴 위로 고개를 까닥이며 넘실대는 가느다란 금빛이
물결을 이루며 멈춘 음성으로 속삭입니다.
'난 너를 오래 전에 보았어'
창공을 찌르며 서 있는 나무 위로,
회색의 별빛이 걸려 있고,
의식의 무게는 겨울의 눈으로,
불같은 육신을 얼리고 있었습니다.

구름은 서쪽 하늘로 유영하고,
태양에 물씬 빠진 환상을 바라보며,
산들바람에 굽실대는 수풀 속에서,
산비둘기 한 마리가 푸드득 날아 올랐습니다.

그제야 하얀 금빛의 여러 날의 꿈을 보았습니다.

내가 사랑한 것은

내가 의지하는 너:
　　　　　　　너는 기쁨에 매달렸어.
눈물과 땀이 너의 얼굴 아래 흘러 내렸지.
혈액처럼,
너는 처마 밑에 매달린 빗방울처럼,
셀 수 없는 구슬로
흘러내리는 걸 보았겠지.
사납게,
너의 이빨로,
곡예사처럼,
무한한 자비를 감춘 확신으로,
거미줄 같은 가는, 높은 철사줄에 매달렸어.
너의 눈으로,
너의 좁다란 방안에서,
밖을 향한 시야로,
족쇄를 벗어 던진 영혼 안에서,
안을 향한 시야로
보았던거야.
꿈 없는 잠처럼,
우린 한 몸이 되었음을 이제야 알았어.

산이 마음이라면

날마다 보고 또 보아도 웃는 얼굴이네.

가슴을 파고 내리는 물소리.
온 산을 흔들다 삼켜도,
물소리 여전히 청정하네.

산행하는 이의 눈과 귀는
제풀에 맑아 시원하고,
빛깔 속에는 온통 산이 웅크리고 있네.

자화상 自畫像

그녀는 가는구나.
그녀가 가고 싶어서 가는 것도 아니고,
내가 보내고 싶어서 보내는 것도 아닌데,
그녀는 간다.
그녀의 발그레한 볼, 붉은 입술, 하얀 이, 짙은 눈썹이
어여쁜 줄만 알았더니,
암돼지의 귀 언저리 털같이 빳빳한 붉은 뒷머리,
방패 같은 등허리에 화덕아가리 같은 엉덩이,
아무리 보아도, 어떠한 재난이 닥쳐와도,
무난히 처리하고, 정결 貞潔을 더럽히지 않고,
기쁠 때나 슬플 때를 가리지 않고,
마치 자신을 아끼듯이 이웃을 아끼고,
머리로 짚신 엮듯 정성스레,
무엇보다 세상을 사랑하는
그녀는 간다.

사방을 둘러보니,
가느다란 두 다리는 멋없이 길쭉한 폼이 지팡이 꼴이고,
장딴지라고 할 만한 것이 보이지 않는다.
자세히 보면 뱀장어 눈에다가,
참새 새끼 같은 음탕한 눈매로,
졸리운 듯한 조명 아래서,

독하고 선지피 같은 검 붉은 위스키를 빨아댄다.
남미 풍의 리키 마틴의 음악에,
사정 없이 사정射精하며,
오줌도 누고 생식도 하며,
계월향桂月香*도 허밍 허밍
논계論介**도 허밍 허밍
본성 없고 국적 없는
코메리안 코메리안
코메리안 코메리안

* 『연려실기술』 15권, 「임진왜란편」.
　1592년 일본군이 평양을 함락시키고 주둔할 당시의 부장副將의 사랑을 받
　았는데 지조를 굽히지 않고 부장副將과 함께 순교했다.
** 임진왜란시 진주성 함락후 왜장 게다니를 끼고 남강에 떨어져 함께 죽은,
　진주 병사 최경회의 사랑을 받던 기생.

너 안의 불꽃

개구리의 입이 떨어지고,
봄의 온기를 느낀다는 춘분이,
개울 밑에서 졸졸졸 흘러,
겨울과 봄을 잇더이다.
촘촘히 적어온 세월은 얼음장 안의
물처럼, 소리를 안고 흘러가고,
온갖 세상 일은 털처럼 어수선하고,
어지럽더이다. 그 속에 직각으로 치솟은
수직선을 잡고선 세상 사람은,
뻔드르르한 헛것을 핥고,
포장된 대로大路만 서성대더이다.
오솔길은 분명 있는 듯하나,
가꾸어 가는 이 없고,
타는 마음엔 연기 보이질 않으나,
하루 또 하루 삭여든 불꽃 타오르더이다.

하루가 오면 밥을 먹는다

아침에 일어나 냉수 한 그릇으로,
간밤에 쌓인 위산을 씻어내고,
손놀림이 귀찮아 토스트 한 장
지그재그로 찢어 입에 넣고,
아메리칸 커피 한 잔하고 집을 나선다.

어스름 찾아 들면,
식탁 위에 올려놓은 밥그릇과 반찬,
네가 있던 넓은 대지를 떠나,
내 입을 즐겁게 하려고,
좁다란 식탁 위에 올라와 있다.
때가 되면 어김 없이 배가 고파,
너를 대하는 마음을 아는가 보다.
은은한 향기에 취하고,
매콤한 냄새로 나의 혀끝을 부추겨서,
나는 동강동강 씹어서,
너를 사랑한다.

어둠이 깊어 소리 잦아들면,
소리만큼 작아지는 식욕 혹은 발정.
몸 속에 든 밥과 풀 향기
이젠, 그리움으로 사랑한다.

왕방산 오르는 길

캠퍼스의 학사學舍가 끝나는,
왕방산 초입初入에는, 작은 호수가 있다.

호수라 하기에는 옹색한 웅덩이 하나.
산에서 풀린 물이 바위 틈새로 소리 없이 내린다.
좁은 산길을 따라 가면 길쭉길쭉 뻗은
신갈참나무들이 빽빽이 들어 차 있고,
닫힌 하늘 밑 작은 틈새로,
진달래꽃이 무덤을 이루고 여기저기 피어 있다.
낮게 업들인 풀은 눈썹을 열고,
햇빛에 어울려 춤을 추고,
온갖 꽃은 입 벌리고,
함초롬히 이슬을 머금어 싱그럽다.
가파른 길을 오르다 보면, 숨이 턱에 차지만,
아름다운 가슴을 열어 보인,
산수유의 노란색 꽃에 반해,
환한 웃음이다.
맑은 바람과 어울려 정상에 서면,
멀리 들판에서, 농부들은 밭갈이에 손길 바쁘고,
아낙들은 새참 내기 분주하다.
산, 들, 풀, 꽃, 새.
모두가 천진天眞이다.

일상의 유희遊戱

햇살 요정妖精이 산란散亂하는 천변川邊 차도車道를 가다가,
그 옆을 빠른 속도로 질주하며, 반짝이며
유영遊泳하는 수면水面.
그 천변川邊에 흐드러진 갈대 숲 너머엔,
찬란한 물빛은 우주의 빛이었네.
어스름 땅거미 진,
중랑천 변邊을 걷노라면, 어둠에 업힌 물은
더 큰 어둠을 뱉으며 창자를 훑는다.
좆같이 씨벌하는 놈들이 배설하는 성性 · 애愛 · 물物.
찬란한 물빛은 어둠의 빛이었네.

한 날 또 한 날
가을 천川 물 속에 담근 싸늘한 촉감의 손가락은
부재不在. 너였구나!

템즈 강변의 초상肖像

런던 브릿지 아래로 성난 시간의 물이 흐른다.

음극의 전류를 타고 우중충한 습기는 며칠째
산발한 머리카락으로 대기를 누르고,
교각 너머로 멀리 역사의 뒷 편에,
런던 성이 보이고, 교각 아래 한 쌍의
남녀가 종이 피켓에 "홈리스!"
"헝그리!"라 적어 놓았다.

바로 앞에 노점상이 피워 놓은 가스 스토브에서,
하얀 김을 쏟아내며 물이 끓어,
헝클어진 머리카락으로 부풀어 오른다.
여자는 슬리핑백을 얼굴까지 끌어올려,
저주와 원망의 독기를 덮고,
남자는 자신의 허벅지를 여자의 머리에,
부드러운 물결의 받침으로 내어주고 있다.

강변의 좁다란 레인을 걷는 한 여인이,
톱날 같은 존재 안으로,
거뭇거뭇 자란 턱수염을 한 사내 앞을 서성이며, 주춤대다,
비누거품 같은 살갗을 반사하며,
엉덩이를 빼고 비밀스런 언어로 교호交互한다.

손에 들려 있던 빵덩이는,
동정과 연민의 사치로 비둘기의 밥이 되고,
흐려진 사내의 눈동자를 조롱한다.

그녀의 페이퍼백 안에는 발을 옮기는
행인의 눈이 희게 충혈되어 걸려 있다.

일기예보

고객 여러분.
오늘은 제주도 조생귤,
싸구려가 아닙니다.
믿거나 말거나 한 박스에,
오천 원.
자
천 원짜리 다섯 장,
팔랑팔랑 흔들면서
오세요.
오늘은 제주도 조생귤,
싸구려가 아닙니다.

시청자 여러분.
오늘은 대권주자들을 소개하겠습니다.
여론조사에서 상위를 달리는 X씨.
그 밑에를 바싹 붙은 Y씨.
그 밑에 밑에를 역시 붙은 Z씨.
그 밑에 밑에 붙어,
신년 벽두부터 발빠른 행보를 하고,
불편한 관계를 회복하고, 세勢를 확보하고 있습니다.

주의를 요망합니다.

시청자 여러분.
오늘 아침 지리산을 중심으로,
광주 일원에 24인치의 눈이 내렸습니다.
체인을 갖추지 않은 차량은 통제합니다.
일체의 모든 운행은 통제합니다.

시청자 여러분.
먹이를 찾지 못한 산돼지 가족이 마을로 내려왔습니다.

모기

여름날
저녁 어스름 기어들 때,
모기란 놈은,
제 세상 만난 듯 날아든다.
쌩~쌩 대며 기세 좋게 기어든다.
제 몸 약한 줄도 모르고,
피를 너무 빨아,
날지 못하고 기우뚱댄다.
이 놈아, 남의 소중한 것
너무 탐내지 말아!
다음날엔 반드시 돌려줄 때 있다.

오이도 가는 길

당고개를 떠난,
지하열차 7544의 주름진 이마에,
오이도 글자가 시詩적이다.

혼잡한 객차는 한강을 지나,
길손의 발걸음으로 변경을 넘어서면,
시골 완행열차 풍경처럼 한가롭다.

청바지를 접어 올린
여자 두서넛이, 벽에 기댄 채,
젊음을 뽐내듯 한가롭고,
쪼그려 앉은 나이 든 아낙들은,
힘겨운 하루살이에 망중한忙中閑이다.

그 틈새로, 꼬마 악동들 장난은
한바탕 소동이다.

바다 갯마을 비릿한 냄새,
코끝에 와 만지면, 억센 억양의
아지매들 생선처럼 팔딱인다.

갯벌보다 깊게 파인 주름사이로,

서해 바다의 낙조가
씨뻘겋다.
씨뻘겋다.

은피라미 떼

한 겨울의 왕방산은 가까이 다가서면
사~알~짝 화가 치민 처녀 마냥 쌩쌩하다.
멀리서 다가가면, 산은 배내 속에 감춘
생동하는 힘을 보듬고, 원근감으로 너울너울.
어둠이 기어드는 캠퍼스를 내려올 때,
듬성듬성 내리는 눈발.
어느새 목화밭 되어, 병풍처럼 둘러서는 산.
두런두런 소곤소곤 이야기하는,
여인의 하얀 목덜미.
어릴 적 뜀박질하던 뒷산
겹쳐 다가와 서고,
마을 앞
거울같이 맑은 냇가엔,
눈부신 햇살 요정들이
은피라미 떼를 쫓고,
그들을 쫓아 유영하는 나는,
반짝이는 피라미.

사람이 살다 간 속엔

구릉진 용두龍頭 모양 베개로 베고 누운,
고양산 중턱에는 산지기의 초옥草屋이 한 채 있네.
촘촘히 곧게 뻗은 송松림 사이로,
중생을 구도求道하는 터.
그 자리 이젠 한갓지게 되어,
주춧돌만 덩그러니.
깨어진 기와에는 연부늬 장식 쓸려 있고,
가장자리에 자리잡은 반쯤 기운 사리탑 하나엔,
우리네 삶의 곡선이 거미줄 마냥 걸려서,
그 속을 돌아 나는
산바람 소리가
사람살이 흔적을 잉●잉○잉 하네.

낭만주의자들의 찻집

낮과 밤이 뒤바뀐 낯선 땅.
스페인 계단 끝에 19세기 상상력의 날개를 올린
시인의 유령이 내려온다.
지상에서 미치지 못한 말들.
오르내리는 이국인들 틈에, 등뒤로 다가와 끌어올린다.
무상無常한 것은 한낱 비유이던가?
어둠 내리고, 굳게 닫힌 키츠 – 셀리* 메모리얼 안의 유희에,
영문 모른 체 말할 수 없는 것이
완성된다며 기뻐하며,
낯선 얼굴 틈에서 티테이블 앞에 두고,
의식과 무의식 너머로 그들과 떠들고 웃는다.
너의 마음과 하나 되어,
1760년의 찻집은 현실과 영원의 정교한 교합이던가.

* 키츠(Keats)와 셀리(Shelley)는 낭만주의의 대표적인 시인으로 로마의
  스페인 계단 끝에는 두 시인을 기념하는 메모리얼이 현재에도 남아 있다.

가지 않은 길

꼬리에 꼬리를 물고,
느릿느릿 흐느적거리는
테일 라이트에 나를 가두며,
꿈틀꿈틀하던 현기증은 최면催眠상태의 자유.
그 반란叛亂에 날개를 달고,
밤의 교미交尾에 호응한다.

너의 혈액이 되어,
접촉接觸의 교감에서 오는 서늘한 실체.
부재不在의 시간이 얼마였던가?
어둠의 한 쪽 우주宇宙.
옆에 슬며시 밀쳐두고,
눈길 돌린 곳, 환하게 솟는 해바라기,
너의 광기狂氣를 마신다.

다시, 밤의 혼효混淆에서 내려와,
걷히지 않은 새벽 안개길을
걸어간다.

나팔꽃에게

오늘 아침
자주 빛 망사網絲 밀어 올려
태양을 향해 나팔꽃은
반쯤 나신裸身을 열어
덫을 놓았네.

감출 듯 펼치는 그 모습
눈에 그어 보려고, 나는
나신裸身의 목덜미를 잡네.

살포시, 느리게 꿈을 접고
꽃잎은 생채기 나네.
난 말이오
옥리獄吏라 생각지 않았소.

겨울이야기

매해^年 겨울이 오면 아내는,
동파를 막는다며 수도계량기에 이불을 덮어
온기^{溫氣}를 채웠다.
동장군이 찾아들어 온 세상을 꽝꽝 얼려 잠그는
겨울엔, 수도꼭지의 숨통을 열어 똑·똑·똑
흘려보내야 겨울을 날 수 있단다.
흘려보낼 수 있다는 여유는 이름답구나!
시골 훈장의 아들로 태어나(왜 그리 아이는 많았던지)
잡초같이 뿌리내려야 했던 구름 같은 세월,
아, 아득했던 아름답던 시절이구나!
동짓달 짧은 해에
매서운 바람 찾아들어, 죽고싶으면 덤비라고 발길질을
해대는데, 따스한 방안에서 아내가 채워준 온기에
어느새 우리 식구 그리움으로 고향에 가 있다.
매끈한 시멘트 건물 위로 하얀 눈 소리내어 쌓이고
고래고래 소리치는 바람소리에 우리 식구,
아내의 그리움에 따스하다.
따스하다.

설날이 오면

설날이 오면,
창호지를 네모나게 잘라
가운데 구멍을 내고 연한 대나무살에
풀을 매겨 붙여 가는 실을 매달아 연鳶을 올렸다.
연이 높이 오르는 만큼 꿈 또한 높이 올랐다.
할아버지의 꿈도 높이 올랐고,
아버지의 꿈도 높이 올랐다.
실타래에서 풀리는 실의 길이 만큼 내 꿈도 솟아올랐다.
아버지가 되어 이젠, 도시의 해에 걸려
맥없이 바람에 흔들리지만, 꼭 쥔 손에 들린 실타래를
고층건물 사이로 출렁출렁 풀어 올린다.
아버지의 딸에게도,
설날이 오면
창호지를 네모나게 잘라 가운데 구멍을 내고
연한 대나무 살에 풀을 매겨 붙여 가는 실에 매달아,
연鳶을 올리는 법을 가르쳐야겠다.
할아버지의 꿈도,
할머니의 꿈도,
어머니의 꿈도,
아버지의 꿈도,
그 딸의 아이의 또 그 아이의, 아이의 꿈도,
실타래에서 실이 풀리는 길이만큼

꿈이 솟아오른다는 것을 가르쳐야겠다.
설날이 오면.

물고기가 숨을 쉬시 않아
두 동강이 난 물고기를 바라보고
피 묻은 손을 바라보며
두 눈에 투명하게 물상을 담아내는
물고기에 눈을 맞댄다

물고기가 숨을 쉬지 않아

언제 냇물에 보였을까
　- 어느 시인詩人의 송가頌歌

석우동 냇물 위에 올려놓은
다리의 난간에는,
파릇파릇한 이끼 끼어,
생명을 키우고, 언제인가
회색灰色의 콘크리트 기둥엔,
언어의 감옥에 힘겨운 듯,
냇물에서 뛰어 오른 조약돌
수줍은 날개를 펴고 있다.

포로捕虜로 갇혀 있던 조약돌.
〈어느 시인詩人〉
제 모습 내밀어
언제 냇물에 보였을까?

물안개 피어오른 개울 넘어
동구 밖 감나무엔,
짙푸른 미소로 악다구니하며,
정情겨움 조롱조롱 열려 있고,
두서넛 초옥草屋 사이로,
〈어느 시인詩人〉
황구黃狗 반기며 달려든다.

동양화에서 본 듯한
계단식 논이,
굴뚝을 끌어 안고
줄지어 늘어 선다.

술래잡기

찬바람이 살갗을 파고든다.
계절은 시간의 비행飛行으로
플라타나스 잎들의 서걱대는 소리 듣는다.
황색과 적색의 중간지대에서,
강물의 흐름에 교살絞殺의 하얀 빛을 반사한다.
거리의 광고판은 숨을 멈추고,
적색의 신호등을 경계하며,
문명의 사다리를 기어오르는 사람들.

마천루 나선螺線의 거미줄에 걸려든
'꿈을 사랑하는 아이' 들.
무수한 점자點字의 이미지로 삶의 하루를 잉태하고,
도시인들의 신주神主가 된다.
대형의 빌보드에 웨딩드레스를 입은
진리의 기호는 뚜렷한 폭력으로 다가와,
행복한 이미지로 유린한다.
차량의 물결과 구획區劃된 거리,
환상幻像의 유리상자 건물을 따라
기호記號 찾기를 한다.

물고기가 숨을 쉬지 않아
― 아버지에 대한 묵상默想

어릴 적 동네 앞
버들개지 핀,
얼음같이 맑은 개울가
아버지를 따라
바늘 구부려 단 실로,
커다란 물고기를 올렸다.

마른 땅 위에
팔딱팔딱 몰아쉬는 숨소리가
우주宇宙 밖으로 달음질 쳐,
호주머니 속에 가두고
집안 뜰 자락에 서 있다.

「물고기가 숨을 쉬지 않아」
두 동강이 난 물고기를 바라보고,
피 묻은 손을 바라보며,
두 눈에 투명하게 물상物像을 담아내는
물고기에 눈을 맞댄다.

송어

슈베르트의 송어를 들어 보라!
피아노와 바이올린의 변주의 어울림이
영혼을 파고 들어 강물이 되는가.
지느러미의 유희와 물살의 동력이
서로의 느림으로 변전하고, 때론
번개 같은 격류에 파닥 튀어 오른다.
물살을 거슬러 오르는 선율은
그대가 반발하는 영혼인 것을.

아버지

아버지를 찾아가는 길이 이렇게 길었습니다.

땅 속에 갇힌 지하철을 타고, 고속버스에 올라
시속 100km 평균 속도로 터져 나가는 인내심을
목구멍으로 삼키며, 문명의 무수한 기호記號를
촉수 지닌 짐승처럼 건드리며 찾아갑니다.

정신병동을 지나 해부실을 거쳐
포르말린 냄새에 쿵쿵대다,
크레졸 향기에 깨어나서, 마중 나온 아버지와
엇갈린 통로에서 마주 합니다.

다시, 엇갈린 통로에서 아버지를 찾아 나섭니다.

강낭콩은 단단하다

여름 아침 햇살이 산들바람을 몰고 와,
지난 밤의 잡몽雜夢을 잡아 흔든다.
부스스 설 깬 의식을 끌고, 무의식의 손놀림에,
양푼에 계량컵으로 하나 둘 셋.
쌀을 담고(아차, 수돗물은 무조건 먹을 수 없는 물이지!),
정수기 물을 담아 빡빡 문질러(아, 이건 나의 생리적
습성이다.), 밥솥에 눈금 둘 반(아니야, 셋 일 거야)
강낭콩은 손에 잡히는 놈만 넣는다.
(강낭콩은 눈물이 난다 땅만 쳐다보고 딸만 쳐다보며
강낭콩을 가꾼 어느 촌부村婦 한恨으로 똘똘 뭉친 강낭콩은
단단하다)

꿈 · 1

간 밤에 깊은 꿈에서
보고 싶던 님을 보았는데,
님이 달아날까
꿈결 속에 가둬 두었네.

님이 간다기에
잡아두지 못하고,
꿈이 달아날까
잠을 깨지 아니하였더니,

동창東窓을 두드리는
햇살에 깜짝 놀라,
창문 열고 밖을 보니,
어둠의 문은 닫히고,
봄이 오는 소리.
봄이 오는 소리.

꿈 · 2

지난 밤 꿈에서
님을 보았습니다.
가려는 님을 보내기 싫어,
허우적거리다 잠에서 깨어,
어스름 새벽.
귀에 가까이 대고,
소리날까 넘러 잊고,
창을 열었습니다.
인적 없는 뜰 너머엔,
자궁 속 포로로
갇혀 있던 꽃,
향기 가득하였습니다.

꿈 · 3

님을 보았네.
뚜렷한 모습은 아니더라도
님을 보았네.
나비무늬새겨진 하얀 원피스 너머로
하얀 살결이 선연했네.
그렇지, 이승의 문을 열고 들어오는
귀에 익은 신발소리.
나직이 화사한 미소로
처마끝을 보다가 사뿐히
나비의 걸음으로 방안에 있었네.

아버지가 없다

아버지가 없다.

냉동된 아버지 그건,
아버지가 아니다.
손끝에 닿은
아버지의 육신은,
얼어붙은 수분水分과
낯선 인육人肉 그건,
절대 아버지가 아니다.

아버지가 없다.

마지막 영가靈歌

냉동실.
축생畜生의 살이 쏘아본다.
나의 사고思考는 쾌락의 실체를
배반하고, 지옥의 거미가
내장에 밧줄을 묶어,
나선형의 그물에 건다.

냉동실.
꺼내어진 육신은,
규칙적으로 빠르게, 무정한
손놀림에 의해,
알코올로 소독되고,
올이 굵은 베옷으로
감싸지고, 냉동된 동태처럼
다뤄져, 온몸을
토막내어 묶인다.

치아와 입술 사이,
쌀을 채우고,
가슴에는 만원 지폐를 끼워 넣어,
저승길 여비 마련하고,
다시, 삼베로 온몸을

겹겹이 싸고, 묶고
육신의 형체는 없고,
가슴과 머리의 잔상殘像으로 머물러
기억 속에 묻힌다.

이제, 그 물건物件 앞에서,
애도자들온 슬픔을 시샘하며
울음을 터뜨린다.
마지막 이별에 대한 슬픔일까?
자기 삶에 대한 회한일까?
알 수 없는 영가靈歌를 물리며,
육신은
냉●동○실로 들어간다.

뉴욕의 J에게

맨하탄의 거리에서 동양의 음색으로 노래하는가?

그대가 떠나던 때, 여기는 혹한의 겨울이었지.
그대가 정들게 다니던 축석령고개도 오래도록
겨울 안개꽃으로 헤어짐을 노래했지.
연구실 창문 너머로 바라다 보이는 겨울 숲도,
파리한 무덤의 색깔에서 깨어 생명이 움트는
합주를 시작하고, 학생들의 짙은 옷 색깔도,
자연의 생동하는 색으로 갈아입었네.
학사學舍의 흉물스런 철근 골격도 문명의 치장으로
단장을 하고, 동면의 끝을 알리는 여기저기 내 걸린
플래카드가 봄바람과 손잡고 춤을 추고있네.
사람과 사람의 이음줄에서 갈등과 분노, 화해로 이어지던
그대의 마술사 같은 곡예의 기교技巧도
부질 없는 것이 아니었던지 –
계절이 지나 새로운 순환의 출발에 있듯,
아무렇지 않은 듯, 사람들은 그렇게 잊어가며 살아가네.
생각나지 않는가, 그대
말없이 너털웃음 웃으며 웃던, 인생의 눈물고개,
아리랑고개 근처의 포장마차 집.
옹기종기 덕지덕지 붙어사는 고향 같은 거리.
70년대 선술집에 아줌마 같은 미소로,

소주잔을 채워주던 그 정겹던 그리움을.
신화 같던 그 거리의 이름이 정겨워
밤늦도록 소주잔에 인생을 섞어
이야기해도 지칠 줄 몰랐지.
지하철 차창에 비치는 세월의 그림들.
지하도의 곡선曲線의 무덤으로 빨려들까
의식과 무의식이 반복된 훈련으로 걸어나오는 꿈을 꾸네.
그대는 Hudson* 강의 흐르는 물에
세월의 끈을 단단히 잡게.
듣고 있는가, 여울물에 실어 보낸 나의 노래가
시간의 강江으로 흘러드는 것을.

* New York주 동부에 있는 강江으로 뉴욕시의 동쪽을 거쳐 뉴욕만으로 흐름.

지는 꽃잎을 슬퍼하랴

권력과 부유함의 영화는
그 모두가 봄날의 꿈이건만,
모이고 흩어지고, 살아 있고 죽어감도,
물위를 부유浮遊하는 거품과 같네.
편안한 마음을 부려,
육신의 경계를 넘어 노닐면,
되돌아보고 또 보아도 추구할 일
그것말고 또 있을까?

광인狂人

나는 앞이 보이지 않았다.
나는 산 것도 죽은 것도 아니었고,
물기 빠진 나무처럼 감각 없는 고기덩어리였다.
알 수 있는 것이라고는 모른다는 것 뿐.
오직, 이글이글 타오르는 태양빛.
그 정지된 숨통을 물끄러미 바라보았을 뿐이다.

딸애가 던진 화두話頭
  – 관棺에 대한 경외敬畏

방을 함께 쓰던 친구 먼저 보내고,
그 방 이제 큰 딸년이 쓴다,
작은 딸년 늦게 나온 탓에, 제 어미보고
큰 방 달라 심술 부렸었지.
이제, 제 언니 방 차지해 커●서 좋겠다.

세 번째로 큰 방, 잡동사니 옷 방으로
내어주고 난, 작은 방을 쓴다.

관棺만한 작은 방 한쪽엔,
글 쓴다고 긁적대는 컴퓨터만 놓인,
거기, 몸을 깔고 눕히면,
어느새 지구地球
등 밑에 깔리다.

기다림

강의 없는
방학에는 백수白手다.

아침부터
부산하게
제자리 박혀 있던
물건, 다시 옮겨보고,

관棺밖을 나와
베란다를 서성대며,
알 수 없는 설렘으로
오지 않는 소녀를 기다리며,
쇼팽의 임프람투스 비바체를 듣는다.

어머니, 나의 어머니

전화선 저 너머에서 어머니의 음성이 들렸다.
막내딸년 대학 입학을 좋아라 하시며,
두 녀석의 등록금 걱정을 어머니가 하신다.
괜찮다고 하여도, 유독 어머니는 걱정하신다.
말만 들어도 고맙다는 당신의 아들 말에,
그래도, 연실 어머니는 걱정하신다.
넉넉하지 못한 훈장 남편 살림 메우느라
평생 고생하신 어머니, 어머니는 생활비 떼어,
이불 속에 몰래 감춰 놓고, 보고 또 세며,
손녀의 학비 보태겠다고 고집을 세운다.
걱정하던 막내, 대학 붙어준 게 고마워
아무 생각 않고 웃고 있는데 허허허……
전화선 저 너머엔 어머니의 음성 사라져도,
또렷한 어머니의 목소리 공명共鳴으로 울려나온다.
아, 어머니였구나 ! 나의 어머니.

시샘하는 것은 예쁘다

우리 집 강아지 쿠쿠*는 멀리서 들리는
발자국 소리에도 달려나온다.
기분을 살피며 앞발을 들고 볼을 내밀고,
손을 대면 돌아누워 긁어달라며 칭얼대고,
턱을 받히고 눈을 맞추며 교태를 부리고,
앞발로 곧추 서서 온갖 아양을 다 부린다.
앙금 띠는 상에 집안은 웃음소리 가득하다.
어느 날 별말 없던 우리 막내딸년.
어느새 내 몸 벗어난 엉덩이 내밀며,
성큼 내 앞에 앉는다.

* cuckoo, cucu, kuku(shka).

네가 너를 아는가

네가 너를 아는가?
나는 세상에서 가장
어리석은 바보.
네가 너를 아는가?
나는 세상에서 가장
비열한 사기꾼.
네가 너를 아는가?
나는 세상에서 가장
용졸庸拙한 간부姦夫.
네가 너를 아는가?
나는 세상에서 가장
잔혹한 살인마.
네가 너를 아는가?
너는 세상에서 '가장'
이라는 형용사를
습관처럼 도용盜用하는 너.

정녕, 네가 너를 아는가?

표상表象 만들기

수많은 사람들이 물결을 이루며 흘러가고 있었다
2002년 또 다른 행성의 한 모퉁이를 돌아나가고 있었다
퀭한 눈초리를 받고 표정 없는 표정을 맞받으며 포스트모
더니티를 시위하는 이국적인 네온사인은 나의 문 앞에도
걸려있었다 1m60cm 키의 검은색 티셔츠에 짙은 갈색의
바지를 입고 검은 색 핸드백을 긴 줄로 늘어뜨린 20대 초
얼굴색은 알맞게 햇빛에 그을렸고 눈초리는 야무졌고 갸
름한 얼굴에 약간은 고집스런 심술이 박혀 있는 여자가
동물 같은 표정과 동작을 시계바늘처럼 연속성을 유지한
채 울부짖고 있다 나는 울고 있었다 방문을 열고 들어선
순간 기다리고 있어야할 것이 없었다 캄캄한 절망감에 나
는 주저앉아 악을 쓰며 동물 같은 신음을 내고 있었다 어
머니가 없어졌어 없어졌어 어디로 갔을까 나를 내버리고
어디로 갔을까 여전히 그 여자는 사람들 속에서 누군가를
향해 동물 같은 괴성의 신음을 지르고 있다 많은 사람들
이 지나갔고 흥미로운 동물이 되어 그 주위에 모여들어
수군대며 이상스런 시늉을 하고 있다 나는 많은 군중 속
에서 울고 있었다 내 주위에 모여든 무수한 동물의 틈에
서 손을 저으며 괴성을 지르며 울고 있었다 방향이 없었
다 울부짖는 소리뿐이었다 조금 전까지 울부짖던 여자는
누군가를 향해 달려들어 닥치는 대로 물어뜯고 두 손과
손에 들린 핸드백으로 때리고 있다 나는 내 몸집보다 큰

것을 상대로 달려들고 있었다 사정없이 때리고 있었다 때
리는 시간이 지속될수록 상대의 몸집이 더 커지고 있었다
그 여자 옆을 앉은뱅이가 지나간다 앉은뱅이는 지하도로
이어지는 계단을 향해 몸을 굴려 내려가기 시작한다 어두
컴컴한 방안에서 나는 울고 있었다 제사祭祀에 간 어머니
를 기다리며 울고 있었다

실직失職

그는 떠났다.
언젠가는 다시 돌아오겠다고
주문처럼 뇌까리며 떠났다.
1999년이여!
그러나 그를 보내지, 아니 보낼 수 없어 이 땅의
근로자의 의미와 소망을 담아(아, 물론 거기엔
나의 소망과 얇은 깨우침두 담아) 보냈다.
동료와 아내와 아이들도 모두 버리고 탕자처럼
그는 홀연히 떠났다.
다시 돈 버는 날 돌아와서 회사를 일으키고
가정을 세운다던 그의 뒷모습에서,
나는 아무 것도 읽을 수 없었다.
그의 뒷모습에서 쓸쓸함이 묻어나기 때문일까?
그의 인생의 배신에서 솟구치는 연민 때문일까?
떠나는 그에게 아무런 위로가 될 수 없었지만,
모든 것을 버린, 빼앗긴 그를 냉혹히 비난할
용기도 실은 없다.
그래도 마누라는 그렇다해도 아이들은 버리면
어쩌냐고 했지만 아무런 말이 없었다.
겨우 외상 달아 졸업한 대학 간판에,
사십 넘게 종복從僕처럼 매달렸던 회사 그만두고
갈 곳이 어디냐!

어느 날 소주잔 기울이며 절망하던 그 한숨 섞인 숨결에서,
나는 그 의미와 한계(나의 한계도 포함해서)를 들이켰다.
아, 슬픈 일이야.
나도 공동정범共同正犯, 내가 버린 것이다.
그러나 이 땅이 그를 쫓아 낸 것이다.
최후엔 그가 삶을 버린 것이다.
이 땅에 남아 산다는 것으로,
권력도 부끄러움도 아닌데 그를 원망할 수야!
한 겨울이 지나면 죽음처럼 두꺼운 얼음벽을
뚫고 움튼 새싹 돋듯,
그는 돌아올 것이다.
돌아올 때 처음 모습 아니더라도,
수치와 어색함은 영영 묻는 것이 어떠하냐?
우리는 모두 이 어려운 시대를 함께 등에 멘 자들이 아니
더냐?
어찌 말로 다할 수 있으랴!
아, 1999년이여 끝끝내 가고 말았지만,
나는 그를 보내지 아니하였다.

오커에 대한 명상瞑想

수평과 수직의 오커*
곱게 간 캔버스에,
기하학과 추상화를 그린
블로보스 동굴인.

육지에서 바다로
바다에서 육지로
건너간 유목민은 아닐까?

곡선의 방정식을
무채색無彩色 단청으로
단아하게 그려 새긴
화엄사,
화포畵布에,
날카로운 칼끝 댄
유목민은 아닐까?

* 철의 산화물을 함유하고 있는 노란 빛의 흙.
  고대인들이 노란, 또는 빨간 그림물감으로 사용했다고 한다.

후회 後悔

당신은 욕심쟁이.
당신의 수레가 무겁다하여
나를 앞세워 끌게 하고,
나의 평화가 부럽다하여
홀연히 가져가 버렸소.

사랑이 미움이 되고
미움이 다정 多情이 되어,
이별이 끝이 되지 못하게
당신은 내 손을 뿌리치며,
마음과 눈이 하나되어
육신의 껍질을 벗었소.

당신은, 서럽게 좋아라 하던
질경이 꽃을
길가에 피워두었소.

낭만주의적 부재不在의 의미意味

손유택

영문학자 · 교수

닝민주의적 부재不在의 의미意味

손유택 | 영문학자 · 교수

I

20여 년 전, 웨인 주립대학교 교수인 유병천 선생이 고려대학교에 교환교수로 오신 적이 있었다. 선생의 깊은 학문과 높은 덕망에 대한 소문이 워낙 자자했던 터라 그 당시 영문과의 강사로 있었던 필자는 유 교수의 19세기 미국 문학 강의를 청강하게 되었는데, 그 때 강의 시간마다 날카로운 질문을 던지는 한 대학원생이 있었다. 그 대학원생이 바로 현묵 최 명석이었고, 그에 대한 필자의 호기심은 이내 그와 술잔을 주고받는 관계로 발전하게 되었다.

필자가 아는 현묵은, 여린 샌님 같으면서도 이지적인 외모에서도 느껴지듯이, 섬세한 감정의 소유자이면서 한결같은 학문적 열정을 지닌 학구적인 사람이다. 술과 여행을 즐기고 식을 줄 모르는 학문적 열정을 지닌 그를 보면 조선 시대의 선비가 연상된다.

1년 전 어느 날 술자리에서 필자는 현묵으로부터 뜻밖의 애기를 들었다. 시인으로 데뷔했다는 것이다. 필자와 현묵은 청탁을 가리지 않고 술을 마시며 청론탁설을 주고 받다가 밤을 지새기가 예사였지만, 필자는 그 동안 그에게서 시를 쓴다는 얘기를 일언반구도 들은 적이 없었다. 필자는 내심 현묵이 학문에 정진하여 학자로서 혹은 비평가로서 대학 강단에서 제자들을 양성하는 미래를 그리고 있었다. 그러기에 시인으로 데뷔했다는 그의 말은 필자에게 놀라움으로 다가올 수밖에 없었다. 그러나 다른 한편으로는 무엇이 그로 하여금 시를 쓰게 했는지, 다시 말하여 시를 쓰지 않고는 못 배기는 어떤 절박한 동기가 그에게 있었던 것인지 궁금하기 그지없었고, 또 한 가닥 걱정되는 바도 없잖아 있었다. 사회적 지위로 보나 물질적으로 보나 갖출 것 다 갖춘 사람들이 자기네 인생에 화룡점정하는 식으로 비정상적인 방법으로 문단에 데뷔하여 소설가입네, 시인입네, 하고 행세하는 것이 요즈음의 세태이기 때문이었다. 필자는 현묵이 그처럼 자기 기만적 나르시즘에 도취할 사람은 아니라고 생각하면서도 마음 한 구석에서 이는 일말의 우려를 떨칠 수가 없었다. 그리고 나서 1년이 흐르도록 그는 필자에게 단 한 편의 시도 보여주지 않더니, 어느 날 갑자기 찾아와 첫 시집이 곧 출간될 예정이라고 하면서 그 시집의 시평을 필자에게 부탁하는 것이었다.

II

시에 해당되는 영어 단어 poem의 어원은 '만든다'라는 뜻을 가진 라틴어의 poiein이다. 영미 시에서는 시를 곧 '만들기'로 보는 관점으로부터 신고전주의, 예술지상주의, 상징주의, 모더니즘과 같은 형식주의적인 시적 경향들이 발전되어 나왔다고 볼 수 있다.

프랑크 렌트리키아Frank Lentricchia에 의하면, 특히 현대의 형식주의적 경향들은 칸트의 미학에 그 전거를 갖는다고 한다. 칸트에 의하면 인간은 자신의 선험적 범주를 벗어날 수 없기 때문에 초월적 세계를 포함한 외부세계는 인간의 의식으로는 파악될 수 없는 대상이라고 한다. 렌트리키아는 칸트로 인해서 인간의 인식범주를 떠난 '물자체'의 세계가 인정되고, 주관과 객관의 이분화가 초래되었다고 하며 칸트를 비판하였다. 이원론적 사고에 근거하는 칸트의 미학은 외부세계와 이와는 무관한, 사론적, 자족적인 예술의 영역을 구별하고 있다. 이와 같은 칸트의 미학에 입각한 형식주의에서는 한 편의 시가 자율적, 폐쇄적인 언어의 유기체로 인식되고, 시의 의미, 내용은, 외부세계(사회, 역사적 맥락이나 초월적 세계)와 차단된, 시적 언어의 특수한 맥락에 전적으로 의존하게 된다.

이에 반하여 한자어 詩시는 言언+寺사로 구성되어 있어, 이를 풀이하면 정희성 시인이 〈시를 찾아서〉에서 표현한 대로 시는 '말씀으로 절을 짓는' 작업으로 볼 수 있다. '절'이 어떤 구도求道의 대상을 가리키는 것이든 '닿을 수 없는 그리움'을 가리키는 것이든, 여기서 시는 형식주의적 경향에서처럼 '자족적으로' 존재하는 것이 아니라 지금 여기에 없는, 작품 외적인 어떤 것에 대하여 의미하는 것, 혹은 지향하는 것이 된다.

영미 시에서 이와 흡사한 경향을 보이는 것이 19세기 영국의 낭만주의 시이다. 워즈워드(W. Wordsworth), 콜리지(S. T. Coleridge), 키츠(J. Keats), 셸리(P. B. Shelley) 등은 시를 통하여 현실에 부재하는 것(원초적 경이, 아름다움, 플라톤적 이상 세계, 진실 등)을 가슴으로 느끼려고 부단히 노력했던 시인들이었다. 아브람스(M. H. Abrams)는 낭만시가 '외부-내부-외부' 혹은 '자연묘사-명상-자연묘사'의 틀을 취한다고 지적한 바 있는데, 이는 즐겨 자연을 소재로 삼는 낭만시의 변증법적 추구 과정을 가리킴에 다름 아니다. 즉, 이 틀에서 외부와 내부 혹은 자연묘사와 명상 사이의 팽팽한 대립을 거친 후의 외부 혹은 자연 묘사가 지금, 여기에 부재하는 낭만시의 지향점, 곧 변증법적 합에 해당된다. 그것은 선불교의 '산이 산이다-산이 산이 아니다-산이 산이다'라는 틀에서 '아니다'라는 부정의 과정을 거친 '산이 산이다'라는 최종적 긍정의 단계와 흡사하다.

그러나 양자 사이에는 커다란 차이가 있다. 선불교의 최종적 긍정은 돈오頓悟의 경지에 이른 그야말로 '최종의' 단계로서 더 이상의 움직임이 있을 수 없는 것이지만, 낭만시의 변증법적 합은 순간적 깨달음 혹은 한 순간의 환희에 그치는 것이기 때문이다. 생명이 유한하고, 능력이 유한한 범인으로서 종교적 깨달음에 이르렀다는 것은 단순히 허위에 지나지 않거나 지극히 드문 일로 설혹 그러한 깨달음을 얻었다 할지라도 그것은 시인으로서는 곧 절필을 고하는 결과를 초래할 뿐이다. 시인이 느끼는 환희는, 낭만시인들이 묘사하듯, 영롱한 새의 노래처럼 덧없이 사라지는 비극적인 것이기에 오히려 시인은 끊임

없이 시적 추구를 이어나갈 수 있는 것이다. 그리고 그가
발을 딛고 있는 현실이 타락하면 타락할수록 또 그런 현
실에 대한 인식이 강하면 강할수록 지금, 여기에 부재하
는 가치관에 대한 그의 추구는, 역설적으로, 더욱 강렬한
에너지를 띠게 될 것이다. 따라서 낭만시가 현실 도피적
이라는 속설은 그야말로 속설에 지나지 않는다. 낭만시의
변증법적 3분도식은 그 한 축을 이루는 타락한 현실이 없
이는 성립될 수 없기 때문이다.

III

　처음 현묵의 시집 초고를 받아보았을 때 그 제목이 "물
고기가 숨을 쉬지 않아"로 되어 있는 것을 보고 필자는
현묵이 생태시를 쓴 것이려니 하고 생각했었다. 그러나
정독을 해보니 그의 시는 생태시가 아니었다. 형식주의
시가 아닌 것은 분명했지만, 대립과 갈등 속에서 한국 현
대시의 발전의 원동력이 되어 왔던 모더니즘 시와 리얼리
즘 시, 순수시와 참여시, 그 어느 범주에 딱 부러지게 속
해 있지도 않았다. 그렇다고 포스트모던 시와 선시는 더
더구나 아니었다. 물론 어느 시인의 시를 특정 범주에 밀
어 넣고 그의 시 전체를 그 범주에 비추어 천편일률적으
로 해석하는 것은 잘못이지만, 어느 시인이나 경향성을
띠고 있는 것 또한 사실이다. 정독을 하고 나서도, 필자가
처음에 가졌던 일말의 우려는 불식시킬 수 있었지만, 시
평을 써야 하는 필자로서는 여전히 난감할 수밖에 없었
다.

그러나 현묵의 시를 거듭 읽고 난 후, 필자의 난감함은 그의 시를 한국시의 맥락 속에서만 보려했던 데에 기인했음을 알게 되었다. 그의 시는 대체로 위에서 언급한 낭만시의 경향에 들어맞았다. 무엇보다도, 낭만시는 곧 자연시이다 라는 말이 있는데, 그의 시 역시 자연시이다. 총 69편의 시중에서 절반 가까운 33편의 시가 자연을 소재로 한 시인 것이다. 게다가 그가 그리는 자연은 외적 묘사에 그치는 대상이 아니라 낭만시의 특징인 명상의 대상이자 초월적 존재의 표상이다.

생성生成의 비밀은 신비감으로 다가와
너의 신비神秘를 신화로 다시 써서 영겁의 시간에 가둔다.
천불동 계곡은 암반 협곡峽谷이다:

        생명의 힘을 지닌 암반 사이로
        수繡를 놓은 듯 초목이 기생한다.

깎아지른 암반의 첨탑 위에
빙하기 이전에 살던 어류魚類
비상飛翔하다.

      – 〈가을의 설악 : 거꾸로 읽기〉 중에서

부처를 닮은 천여 개의 바위는 태고 적에 어류를 키웠고 지금은 그 위에 초목을 키운다. 영겁으로 이어지는 생명의 힘과 생성의 비밀은 그저 신비로운 경탄의 대상일 뿐이다. '천불동 계곡은 암반 협곡이다'로부터 '생명의 힘을……' 사이의 긴 여백은 시인의 경탄감을 웅변으로 말해주어 오히려 숨이 가쁘다. 마지막 3행은 시공을 넘나

드는 초자연적 생명력의 원천을 느끼게 한다. 〈치악산 연가〉에서는 "말을 삼간 채 천千년을 누워 있는 바위에 손을 얹으니,/아! 따스한 숨결, 힘찬 생명이어라."라고 묘사하여 불가사의한 바위의 생명력에 시인의 따스한 숨결이 이입되어 주객主客의 일치를 이룬다. 〈자주 찾는 바다, 그대여 –〉에서도 자연과 '나'의 결합이 묘사된다.

아 은밀하게 함께 있고 싶어 자주 찾는 바다여,
그대의 거친 숨결이 고즈넉한 포구에 닿으면,
나신裸身의 보드라운 살결과 불규칙한 호흡에
내 그대 곁에 실레는 숨을 몰아 쉬는구나
이미 그대는 한 방안에 들어있는 나의 연인.
어둠이 덮은 개펄 안으로 그대의 수액水液을 채우면,
미동微動도 없던 고깃배가 그대의 정열의 몸에 요동한다.
그대 위해 내 속에 설레는 전류의
불꽃을 그대는 모르리 –.

– 〈자주 찾는 바다, 그대여 –〉 전문

이 작품을 한 편의 poem으로만 생각한다면 영락없는 남녀상열지사를 묘사한 것이라고 볼 수도 있다. 그러나 이것을 poetry의 맥락에서 보면 작품 속의 '나'는 바다를 은밀하게 감춰둔 연인처럼 대하고, 만조 시의 바다와 정사를 나누는 연인처럼 하나가 된다는 것으로 해석할 수 있다. 그러나 바다를 향한 '나'의 사랑은 "그대 위해 내 속에 설레는 전류의/불꽃을 그대는 모르리 –."라고 하여 짝사랑에 그치고 있다는 것이 암시된다.

초월적 자연과의 교우는 이처럼 환희로운 일일 것이나
또한 불완전한 것이어서 시인의 추구는 거듭될 수밖에 없
다.

이 작품에서는 인적 드문 포구의 작은 찻집 '곳'의 여
주인이 "문명의 빛에 / 가늘한 손을 얹고 존재存在와 얼레
짓" 하지만, 캄캄한 밤바다는 파도의 언어를 알아들을 수
없게 웅얼거릴 뿐이고, 그 희박한 존재와의 얼레짓조차도
아득한 전설처럼 풀려나간다. 존재 혹은 초월적 자연의
언어는 "끝끝내 설득되지 않는 / 단호한 수사학."(〈바다, 그
끝없는 반복〉)으로서 해독되지 않는 암호인 것이다. 뿐만 아
니라 자연은 문명의 도시에 적대적 존재로 다가오기도 한
다.

사람들의 분망奔忙한 종종 걸음도
코트 깃 속에 파묻힌다.

— 〈황사黃沙〉 중에서

사람의 손으로 애써 세워 놓았던 문명의 도시가, 바벨
탑이 신에 의해 힘없이 무너지는 것처럼, 황사 바람에 하
릴없이 죽음의 색을 띠게 된다. 이와는 반대로 〈도시의
풍경〉은 회색 빛 콘크리트 숲의 문명 속에서 죽어가는 자
연이 묘사된다.

처녀 끝에 둘러쳐진
콘크리트 담장 위로
가득한 빗소리 귀에 익고,
멀리 앞 산 골짜기
초록 우거진 수풀에는
상춘常春이다.
포동포동한 살 냄새
개나리꽃
아침 이슬에 눈물 보이고,
삭막한 도시의 아스팔트 위에
떨어진 꽃잎
바람에 허우적거린다.

— 〈도시의 풍경〉 중에서

이 작품에서는 "멀리 앞 산 골짜기 / 초록 우거진 수풀"
의 원경과 "콘크리트 담장"의 근경이 대조를 이루고, 눈

물 보이고 바람에 허우적거리며 떨어지는 개나리와 "삭
막한 도시의 아스팔트"가 대비를 이룰 뿐, 양자 사이의
화합은 이루어지지 않는다.

　지금까지 살펴본 것처럼, 현묵의 시는 자연시가 주종을
이룬다. 그의 시의 자연은 신비로운 생명력을 지닌 범신
론적 초월적 자연이라는 점, 그러한 자연과 인간과의 합
일은 불완전한 것일 수밖에 없다거나, 또 양자는 서로 적
대적인 대립 관계에 놓여 있기도 하다는 점 등에서 그의
시와 19세기 영국 낭만시와의 유사성을 찾아볼 수 있었
다. 그러나 그 불완전한 합일이야말로 그의 끈질긴 시적
추구를 가능하게 해주는 원동력이다.

　다음으로 현묵의 시가 낭만시와 유사한 점은 지금, 여
기에 없는 것에 대한 뼈저린 자각이다. 그 부재하는 것은
돌아가신 아버지, 사별한 아내, 아련한 옛 추억과 같은 현
실적 대상으로 그려지기도 하고 생명이나 삶의 의미, 존
재의 의미와 같은 철학적 양상을 띠기도 한다. 이러한 주
제의 시는 통틀어 십여 편에 이른다.

　　손끝에 닿은
　　아버지의 육신은,
　　얼어붙은 수분水分과
　　낯선 인육人肉 그건,
　　절대 아버지가 아니다.

　　아버지가 없다.

　아버지의 부재라는 냉엄한 현실은 이와 같이 직접적으로 언급되기도 하지만, 은유를 통하여 묘사되기도 한다.

　「물고기가 숨을 쉬지 않아」
　두 동강이 난 물고기를 바라보고,
　피 묻은 손을 바라보며,
　두 눈에 투명하게 물상物象을 담아내는
　물고기에 눈을 맞댄다.

　여기서 시인은 어린 시절 아버지가 낚아주신 물고기의 죽음을 묘사하고 있지만, 실상 물고기의 죽음은 추억 속에서 회상된 아버지의 죽음이고, "두 눈에 투명하게 물상物象을 담아내는" 물고기의 두 눈은 죽은 아버지의 눈에 다름 아니다. 아버지의 죽음은 이제 어린 시절의 옛 추억과 더불어 과거 속으로 흘러가 버렸지만, 시인은 죽은 아버지의 두 눈에 자신의 눈을 맞추며 아버지에 대한 그리움을 가슴 깊이 간직하고 있다.

　방을 함께 쓰던 친구 먼저 보내고,
　그 방 이제 큰 딸년이 쓴다,
　작은 딸년 늦게 나온 탓에, 제 어미보고
　큰 방 달라 심술 부렸었지.
　이제, 제 언니 방 차지해 커●서 좋겠다.

　필자는 상처한 직후 비통해하던 현묵을 뚜렷이 기억한다. 흐르는 세월이 그의 슬픔을 승화시킨 것일까? 딸아이들을 보는 현묵의 눈길에 죽은 아내에 대한 그리움이 배어나는 듯하다. 아내에 대한 그의 사무친 그리움은 〈꿈 · 1〉, 〈꿈 · 2〉, 〈꿈 · 3〉에서 아내의 모습을 "봄이 오는 소리"로, "꽃 향기"로, 또 "나비"로 승화시키고 있다.

　　님을 보았네.
　　뚜렷한 모습은 아니라도
　　님을 보았네.
　　– 중략 –
　　나직이 화사한 미소로
　　처마끝을 보다가 사뿐히
　　나비의 걸음으로 방안에 있었네.

– 〈꿈 · 3〉 중에서

　〈뉴욕의 J에게〉에서는 벗의 부재를 통하여 옛 추억이 회상된다.

　　생각나지 않는가, 그대
　　말없이 너털웃음 웃으며 웃던, 인생의 눈물고개,
　　아리랑고개 근처의 포장마차 집.
　　옹기종기 덕지덕지 붙어사는 고향 같은 거리.
　　70년대 선술집에 아줌마 같은 미소로,

소주잔을 채워주던 그 정겹던 그리움을.
신화 같던 그 거리의 이름이 정겨워
밤늦두록 소주잔에 인생을 섞어
이야기해도 지칠 줄 몰랐지.

- 〈뉴욕의 J에게〉 중에서

"옹기종기 덕지덕지 붙어사는 고향 같은 거리"에서는 그 거리에서 저녁 밥 짓는 연기가 금새라도 모락모락 피어오를 듯하고, 이웃 간의 따사로운 인정이 느껴진다. 지금의 아리랑 고개 주변에는 회색 빛 콘크리트 빌딩과 공장에서 찍어낸 듯한 똑같은 모습의 아파트와 다세대 주택만이 보일 뿐이다. 그리고 "아줌마 같은 미소로 / 소주잔을 채워주던" 주모와 허름한 포장마차는 간 데 없고, 네온이 화려하게 반짝거리는 비싼 레스토랑이 즐비할 뿐이다.

부재하는 것에 대한 시인의 자각은 철학적 깊이를 더하여 생명의 근원에 대한 의문으로 (종려나무 잎은 울음을 분해하고, / 동백꽃은 표피를 벗어 / 꽃망울을 터뜨린다. / 풀리지 않은 채. 〈부재不在〉 중에서), 참된 의미를 상실한 물질문명으로 (대형의 빌보드에 웨딩드레스를 입은, / 진리의 기호는 뚜렷한 폭력으로 다가와, / 행복한 이미지로 유린한다. / 차량의 물결과 구획區劃된 거리, / 환상의 유리상자 건물을 따라 / 기호記號 찾기를 한다. 〈술래잡기〉 중에서) 이어진다. 〈일상의 유희〉에서는 물질문명 속에 함몰된 삶의 진정한 의미가 묘사된다.

좆같이 씨벌하는 놈들이 배설하는 성性 · 애愛 · 물物.
찬란한 물빛은 어둠의 빛이었네.

한 날 또 한 날
가을 천川 물 속에 담근 싸늘한 촉감의 손가락은
부재不在, 너였구나!

– 〈일상의 유희〉 중에서

욕설이 동원될 정도로 가증스러운 현대 문명 저 편에
싸늘하게 부재不在가 존재하는 한, 그 부재에 대한 시인의
탐구는 이어질 것이다. 그러나 그의 시적 추구는 부재하
는 것에 대비되는 더럽고, 누추하고, 타락한 현실, 혹은
건전한 삶이 뿌리내리기도 하는 현실에 대한 인식이 선행
되어야 에너지를 더해 가며 부단히 이어질 수 있을 것이
다. 현묵의 첫 시집에서 아쉬운 점은 현실의 이러저러한
모습이 구체적으로 그려진 시가 극히 드물다는 점이다.
　앞으로 〈강낭콩은 단단하다〉("강낭콩은 눈물이 난다
땅만 쳐다보고 딸만 쳐다보며 / 강낭콩을 가꾼 어느 촌부
한으로 똘똘 뭉친 강낭콩은 단단하다")와 아래에 인용된
〈오이도 가는 길〉에서 보이는 것과 같은 현묵의 단단한
현실 인식을 기대해본다.

바다 갯마을 비릿한 냄새,
코끝에 와 만지면, 억센 억양의
아지매들 생선처럼 팔딱인다.

118

갯벌보다 깊게 파인 주름사이로,

서해 바다의 낙조가

씨뻘겋다.

씨뻘겋다.

– 〈오이도 가는 길〉 중에서